WARNUNG!

AUF KEINEN FALL DEINEN RICHTIGEN NAMEN BENUTZEN!

WENN MEIN VATER VERSPROCHEN HAT, MICH ABZUHOLEN UND WAS MIT MIR ZU UNTERNEHMEN, IST ER IN DER REGEL NICHT AUFGETAUCHT. DEN ANDEREN HAB ICH DANN ERZÄHLT, ICH HÄTTE EINEN IRRE TOLLEN TAG GEHABT. ABER ICH HAB NUR IRGENDWO AUF EINER WIESE GESESSEN.

DAVID CORNWELL
(BESSER BEKANNT ALS JOHN LE CARRÉ)

Für meine Mutter, die nicht so glücklich darüber war, dass die letzte Widmung für sie nur aus zwei Wörtern bestand. Diese hat 25!
Alles Liebe,
Mac

Für meine Lieblingsmenschen: Katrin, Allister und Oskar
ML

1. Auflage 2019 • Text copyright © 2018 by Mac Barnett • Illustrations copyright © 2018 by Mike Lowery • All rights reserved. • Published by Orchard Books, an imprint of Scholastic Inc., Publishers since 1920. orchard books and design are registered trademarks of Watts Publishing Group, Ltd., used under license. scholastic and associated logos are trademarks and/or registered trademarks of Scholastic Inc. • Game Boy is a registered trademark of Nintendo Co. Ltd. • Published by Arrangement with TH GRIZZLY PEAK OUTFIT, INC. and Mike Lowery. • Originaltitel: »Mac B. Kid Spy. Mac undercover« • deutschsprachige Ausgabe © 2019 cbj Kinder- und Jugendbuchverlag • in der Verlagsgruppe Random House GmbH, Neumarkter Str. 28, 81673 München • Alle deutschsprachigen Rechte vorbehalten • Dieses Werk wurde vermittelt durch die Literarische Agentur Thomas Schlück GmbH, 30161 Hannover. • Umschlaggestaltung: init | kommunikationsdesign, Bad Oeynhausen • Umschlag- und Innenillustration: Mike Lowery • MI • Herstellung: UK • Satz: Mediengestaltung Vornehm GmbH, München • Druck: Grafisches Centrum Cuno, Calbe

ISBN 978-3-570-17649-8
Printed in Germany

www.cbj-verlag.de

MIX
Paper from responsible sources
FSC
www.fsc.org
FSC® C043106

Verlagsgruppe Random House
FSC® N001967

MAC BARNETT

AGENT MAC

KLUNKER GESUCHT

Mit Illustrationen von
Mike Lowery

Aus dem Amerikanischen
von Catrin Frischer

cbj

ICH ALS

~~JUNGE~~

AGENT

ANMERKUNG DES AUTORS

VOM SCHREIBTISCH VON

MAC BARNETT

MEIN NAME IST MAC BARNETT. ICH BIN AUTOR. ABER BEVOR ICH AUTOR WURDE, WAR ICH EIN JUNGE. UND ALS ICH EIN JUNGE WAR, WAR ICH EIN AGENT.

DER JOB EINES AUTORS IST, GESCHICHTEN ZU ERFINDEN. ABER DIE GESCHICHTE, DIE DU JETZT LESEN WIRST, IST WAHR.

DAS IST MIR TATSÄCHLICH PASSIERT.

KAPITEL
1
DER ANRUF
KLINGE-
LING
KLINGE-
LING

Das ist das Haus, in dem ich aufgewachsen bin.

Es steht oben auf einem Hügel in einer kleinen Stadt namens Castro Valley. Diesen Ort gibt es wirklich. Das kannst du nachschlagen.

So hat mein Haus wirklich ausgesehen.

Da haben meine Mom und ich gewohnt.

Da wir nur zu zweit waren, hatte ich viele Pflichten: Ich machte den Abwasch, schmierte mir meine Schulbrote, kochte unser Abendessen, wusch die Wäsche, wischte Staub und machte den Käfig von unseren Kaninchen sauber.

(Ich hatte mir einen Hund gewünscht. Aber ich bekam Kaninchen.)

Ich war auch dafür verantwortlich, ans Telefon zu gehen, wenn es klingelte. Ich beantwortete gern Anrufe, leider waren sie nie für mich.

Eines Nachmittags klingelte das Telefon und es war für mich.

Es war die Königin von England.

»Hallo?«, sagte ich.

»Guten Tag«, sagte sie. »Ich möchte mit Mac sprechen.«

»Am Apparat«, sagte ich.

»Mac, hier ist die Königin von England«, sagte sie. »Ich würde dich gern um einen Gefallen bitten.«

»Okay«, sagte ich.

Wenn dich jemand um einen Gefallen bittet, ist es eine gute Idee, erst zu fragen, was das für ein Gefallen ist, und dann Okay zu sagen.

Aber ich hatte noch nie mit einer Königin gesprochen.

Deshalb habe ich Okay gesagt.

»Wunderbar«, sagte die Queen. »Ich verrate dir jetzt ein Geheimnis. Letzte Nacht hat jemand die Kronjuwelen gestohlen!«

»Nein!«, sagte ich.

»Doch!«, sagte die Queen. »Und das ist der Gefallen: Du sollst das verschwundene Schmuckstück finden und zu mir zurückbringen.«

»Wow!«, sagte ich.

»Ja!«, sagte die Queen.

Das war ziemlich aufregend.

Aber ich hatte eine Frage.

»Ich habe eine Frage«, sagte ich.

»Hoffentlich ist es eine schnelle Frage«, sagte die Queen.

»Warum ich?«

Die Königin von England seufzte. »Das ist eine dumme Frage.«

»Meine Lehrerin hat gesagt, es gibt keine dummen Fragen.«

Die Königin von England runzelte die Stirn. (Ich wusste genau, dass sie die Stirn runzelte, sogar am Telefon.)

»Das ist doch bloß so ein Spruch von Lehrerinnen in Amerika. Aber ich bin keine Lehrerin aus Amerika. Ich bin eine Königin aus England.«

»Oh«, sagte ich. »Klar. Aber trotzdem. Warum ich? Ich bin doch noch ein Kind und ich wohne nicht mal in England.«

Castro Valley liegt in Kalifornien. Das wüsstest du, wenn du nachgeguckt hättest.

»Mac«, sagte die Queen, »du bist der schlauste Junge in deiner Klasse. In jedem Fach hast du glatte Einsen, außer in Schönschreiben.«

»Daran arbeite ich«, sagte ich.

»Dann ist es abgemacht. Du nimmst den nächsten Flug nach London.«

»Aber ich hab morgen Schule.«

»Ich werde eine Entschuldigung schreiben«, sagte die Queen.

»Aber meine Mom wird sich Sorgen um mich machen«, sagte ich.

»Ich werde noch eine Entschuldigung schreiben«, sagte die Queen. »Auf Wiedersehen.«

Sie legte auf.

Es klopfte an der Haustür.

Als ich aufmachte, war niemand da.

Aber auf unserer Fußmatte lag ein Umschlag.

Ich machte ihn auf, weil ich Mac Barnett war.

(Bin ich noch immer.)

Im Umschlag steckten ein Flugticket und ein Bündel buntes englisches Geld.

Das schien ziemlich viel Geld zu sein. Genau wusste ich das nicht, weil ich kein Brite war.

(Bin ich immer noch nicht.)

Ich ging nach oben und packte.

Wie ein guter Agent nahm ich nicht viel mit.

Ich legte ein paar Sachen auf meinem Bett zurecht.

Meinen Gameboy®
Drei Bücher
Eine Zahnbürste
Eine Mütze
Ein T-Shirt
Eine Jacke

Und:

In Wirklichkeit war das meine einzige Jeans.

Meine Mom kauft mir am Anfang von jedem Schuljahr ein Paar Jeans. Die meisten Kinder in meiner Schule haben mehrere Jeans, aber meiner Mom gefiel es gar nicht, wenn ich ihr das erzählte.

»Sei froh, dass du überhaupt Jeans hast«, sagte sie dann immer. »In Russland sind Jeans verboten.«

»Verboten?«

»Gegen das Gesetz.«

»Ist das wahr?«, sagte ich dann. »Das klingt gelogen.«

Aber meine Mom bestand darauf, dass es wahr war. Und sie kaufte mir immer nur ein Paar Jeans.

Ich zog meine Jeans an, nahm meinen Koffer und ging nach unten.

Als ich gerade zur Tür rauswollte, klingelte das Telefon.

Schon wieder.

Es war die Königin von England.

Schon wieder.

»Hallo?«, sagte ich.

»Guten Tag«, sagte sie.

»Kann ich mit Mac sprechen?«, fragte sie.

»Am Apparat«, sagte ich.

»Eines hab ich vergessen, dir zu sagen«, sagte die Queen. »Sieh dich vor. Diese Mission ist extrem gefährlich. Auf Wiederhören.«

KAPITEL
2
SPIONAGE-
FLUGZEUG

Und so kann es gehen.

Gerade bist du noch ein ganz normaler Junge.

Und im nächsten Moment bist du schon Geheimagent für die Königin von England.

An einem Abend löst du die Aufgaben auf einem Mathearbeitsblatt.

Am nächsten Abend fliegst du in einem Flugzeug nach London und die Mathearbeitsblätter hast du nicht mal eingepackt.

Es dauert ziemlich lange, von Kalifornien nach London zu kommen.

Wir sind durch die Nacht geflogen.

Der Himmel vor meinem Fenster war schwarz. Draußen unter der Tragfläche dröhnte ein großes Triebwerk.

Ich fragte mich, wie lange diese Mission wohl dauern würde. Heute war Mittwoch und Samstag feierte Derek Lafoy eine Karate-Geburtstagsparty. Es wäre schön, rechtzeitig zu der Geburtstagsfeier wieder zurück zu sein.

Natürlich war ich nicht zu Derek Lafoys Karate-Geburtstagsparty eingeladen.

Wenigstens noch nicht. Wahrscheinlich weil ich der einzige Junge war, der in der Nachmittagsbetreuung kein Karate machte. Die Hälfte der Mädchen gingen auch zum Karate. Damals, in den Achtzigerjahren des vorigen Jahrhunderts. Karate war da total angesagt. Könnt ihr nachgucken.

Meine Mom kam erst abends von der Arbeit, ich war also in der Erweiterten Abenteuer-Nachmittagsbetreuung.

Viel Abenteuer gab es da nicht. Mit einem Abstand von 2 Klassenstufen war ich der Älteste in der Erweiterten Nachmittagsbetreuung. Ich machte dort meine Hausaufgaben, dann spielte ich Schach gegen Kleinkinder, bis meine Mom kam und mich abholte.

Aber! Jetzt war ich Geheimagent für die Königin von England – und da, dachte ich mir, würde Derek Lafoy mich mit Sicherheit zu seiner Geburtstagsparty einladen.

Trotzdem hoffte ich, dass meine Mission nichts mit Karate zu tun haben würde. Ich sah mir die anderen Passagiere genau an.

Vielleicht wurde ich verfolgt.

(Gute Agenten behalten die Leute ringsum immer im Blick.)

Warum trug der Mann hinter mir eine Sonnenbrille – in einem Flugzeug? Sollte ich etwa nicht sehen, dass er mich beobachtete, während er so tat, als würde er Zeitung lesen?

Und was war mit dieser Frau da drüben, die sich mit Parfum besprühte? War das wirklich Parfum in der Flasche? Oder war die mit K.-O.-Gas gefüllt?

Und dieses Baby da! Es starrte mich schon seit zehn Minuten an. War das ein echtes Baby oder ein Babygeheimagent, der für den KGB arbeitete?

Den KGB gibt es nicht mehr.

Aber als ich ein Kind war, da gab es den KGB. Und wie!

Der KGB war der Geheimdienst der Sowjetunion.

Die Sowjetunion gibt es auch nicht mehr.

Aber damals, als es noch eine Sowjetunion gab, hieß es Комитет государственной безопасности.

Das ist Russisch.

(In der Sowjetunion wird ein anderes Alphabet benutzt. Das kyrillische Alphabet. Könnt ihr nachgucken.)

Auf Deutsch heißt KGB »Komitee für Staatssicherheit«, aber eigentlich bedeutet es »Komitee für sowjetische Geheimagenten«.

Und Kronjuwelen stehlen – das war haargenau das, was der KGB machen würde.

Das wiederum hieß, dass ich geradewegs auf eine Auseinandersetzung mit dem KGB zuflog. Ich war also zu einer gefährlichen Schachpartie gegen einen sowjetischen Agenten angetreten. Und im Schach war ich viel besser als in Karate.

Diese Sache könnte ziemlich interessant werden.

Der Mann mit der Sonnenbrille schnarchte, aber das hörte sich an wie vorgespieltes Schnarchen.

Die Frau versprühte noch mehr Parfum. Es roch eklig, genauso eklig wie K.-O.-Gas wahrscheinlich riecht.

Das Baby kicherte. Es war ein niedliches Kichern, aber irgendwie auch bedrohlich.

Zum Schlafen war ich zu aufgeregt.

Also machte ich, was ich immer mache, wenn ich mein Gehirn zur Ruhe bringen muss. Ich holte meinen Gameboy raus, steckte mir die Kopfhörer in die Ohren und spielte SPY MASTER.

SPY MASTER war mein liebstes Spiel auf dem Gameboy.

So sah die Schachtel aus:

So sah das Spiel aus:

Ich weiß. Wäre schön, wenn die Grafik besser wäre, aber vergesst nicht, diese Geschichte spielt in meiner Kindheit, so wie sie wirklich war um 1980. Und ich kann nicht was besser machen, nur weil ich mir wünsche, es wäre anders gewesen.

Egal, die Schachtel vermittelt einen ziemlich guten Eindruck davon, wie viel Spaß dieses Spiel gemacht hat. Um das höchste Level zu erreichen, musste man sich in das Hauptquartier vom KGB einschleichen, geheime Pläne aus der obersten Etage des KGB-Gebäudes klauen und mit dem Fallschirm vom Dach runter in sein Cabrio springen. Und dabei musste man die ganze Zeit aufpassen, ja nicht von Fahrstühlen zerquetscht oder von Dynamitstangen werfenden KGB-Leuten in die Luft gesprengt zu werden. Es war einfach toll. Ich hatte alle zehn Highscores erreicht.

(Das Beste an einem Namen mit drei Buchstaben ist, dass der ganz auf die Highscorelisten alter Videospiele passt.)

Ich war gerade dabei, meinen eigenen Highscore zu toppen, als mir jemand auf die Schulter tippte.

Es war eine Flugbegleiterin.

Sie schob einen großen Metallwagen vor sich her.

Sie lächelte und sagte etwas. Ich konnte sie nicht verstehen, weil die Musik von SPY MASTER mir noch in den Ohren dudelte.

Ich nahm die Kopfhörer ab.

»Etwas zu trinken, Sir?«, sagte die Flugbegleiterin.

»Ein Glas Milch, bitte«, sagte ich.

Sie reichte mir einen Plastikbecher.

Das Flugzeug rumpelte durch ein Luftloch.

»Oooh!«, sagte die Flugbegleiterin. Sie klappte das Tablett an der Rückseite des Sitzes vor mir runter und stellte die Milch in einen Becherhalter. »Vorsicht. Du willst deine Jeans ja nicht mit Milch bekleckern.«

»Danke«, sagte ich. »Ich hab nur dieses eine Paar.«

»Das sind sehr schöne Jeans«, sagte sie. »Perfekt verwaschen.«

Ich lächelte. Sie waren wirklich perfekt verwaschen.

Sie stellte ein Plastiktablett neben meine Milch. »Hier ist dein Abendessen.«

Ich zog ein Stück Alufolie vom Tablett und stieß auf drei Ravioli, sechs grüne Bohnen und einen Becher Schokoladenpudding.

Mit einer Plastikgabel pikte ich eine Ravioli an.

»Ist da Käse drin?«, fragte ich.

Aber die Flugbegleiterin war schon weiter den Gang hinunter gegangen.

Den Pudding aß ich zuerst.

Dann die Ravioli.

Die grünen Bohnen rührte ich nicht an.

In meinem Pudding muss Schlafpulver gewesen sein, denn vor meinen Augen drehte sich alles – und dann war da nur noch Schwarz.

In den Ravioli muss Käse gewesen sein, denn ich hatte echt seltsame Träume.

Und es muss sich ein Dieb im Flugzeug befunden haben, denn als ich aufwachte, hatte jemand meinen Gameboy gestohlen.

KAPITEL 3

DER TOWER

Das ist der Tower von London. Tower ist Englisch und heißt Turm. Wie ihr sehen könnt, gibt es mehr als einen Turm. »Tower von London« ist also kein so toller Name.

Der Tower ist eine Festung.

Der älteste Turm vom Tower von London ist ein hoher weißer Turm, den nennt man White Tower. White heißt weiß. (Also: Guter Name.)

Die Festung wurde im Jahr 1066 gebaut. Von einem König, der England erobert hat. Der hieß Wilhelm der Eroberer. Auch ein guter Name.

Wilhelm der Eroberer hat die Festung und den Turm gebaut, um dem englischen Volk Angst zu machen. Seit dieser Zeit benutzen die Könige und Königinnen von England diesen Ort, wenn sie etwas aufbewahren wollen.

WAFFEN
GELD
GEFANGENE
KUNST
EINEN EISBÄREN
EINEN ELEFANTEN
EINEN LÖWEN
UND ALLERLEI
ANDERE TIERE

Heinrich der Achte hat viele von seinen Frauen, Freunden und Verwandten im Tower verwahrt, bevor er ihnen die Köpfe abgehackt hat.

Und in den letzten paar Jahrhunderten haben die Könige und Königinnen von England da auch die Kronjuwelen aufbewahrt.

Und deshalb habe ich sofort nach der Landung in London ein Taxi genommen und bin geradewegs zum Tower von London gefahren, weil ich nach Spuren suchen wollte.

Es war rappelvoll. Beefeater in blau-roten Uniformen erzählten Touristen Geschichten von Verrat, Gewalt und Liebe. Ein alter Mann hielt sich einen riesigen Fotoapparat vors Gesicht. Zwei Leute mit lila Irokesen-Frisur standen knutschend an einer uralten Mauer. Überall waren Kinder, Kinder mit Eltern, Kinder in Schulgruppen, Kinder, die gelangweilt aussahen und Musik vom Walkman hörten. Ich tat mein Bestes, um nicht aufzufallen. (Gute Geheimagenten sind unsichtbar.)

Ich guckte auf einen Plan und machte mich auf zu einem Gebäude, das als »Jewel House« (das heißt Juwelenhaus) gekennzeichnet war. Die beiden riesigen Türen vom Jewel House waren geschlossen. Zwei riesige Beefeater mit zwei riesigen Hellebarden versperrten sie.

Ich hatte einen ganz trockenen Mund, musste aber trotzdem schlucken.

»Hallo«, sagte ich.

»Guten Tag«, sagte der rechte Wächter.

»Das Jewel House ist heute geschlossen, Junge«, sagte der linke Wächter. »Die Kronjuwelen werden gerade abgestaubt.«

Ich wusste, dass der Wächter mich anlog. Und das sagte ich auch.

»Nein«, sagte ich. »Sie sind geraubt worden. Das weiß ich, weil die Queen mich geschickt hat.«

Der Wächter rechts runzelte die Stirn. »Das ist ja ein ganz Schlauer.«

»Ein viel zu Schlauer«, sagte der von links. »Dann bist du wohl der Geheimagent.«

»Der bin ich«, sagte ich.

»Ich persönlich halte ja nicht so viel von Geheimagenten«, sagte der Wächter rechts.

»Ich mag eigentlich keine Kinder«, sagte der Wächter links.

Der Wächter rechts verzog das Gesicht. »Und von Amerikanern will ich gar nicht erst anfangen.«

Ich bin schon vielen Menschen begegnet, die gesagt haben, dass sie keine Kinder mögen. Zum Beispiel Craig, das ist der Freund von meiner Mutter.

»Moment mal«, sagte ich. »Geheimagenten sind toll. Warum mögen Sie keine Geheimagenten?«

»All das Herumschnüffeln, Lügengeschichten erzählen und Austricksen. Soldat sein, ist ehrliche Arbeit.«

»Aber Sie haben mich eben auch angelogen, die Sache mit dem Abstauben stimmt doch nicht.«

»Nun guck dir den mal an«, sagte der links. »Ganz, ganz schlau.«

Sie entkreuzten ihre Hellebarden und machten die Türen auf. Ich trat durch den Eingang in die Dunkelheit.

KAPITEL
4
DIE MACHT DER KÖNIGIN
PAS

Obwohl die Festung voller Türme war, wurden die Kronjuwelen tief unter der Erde aufbewahrt. Ich ging neunundvierzig Stufen runter und einen schummrigen Flur entlang dem Tatort entgegen. Das einzige Geräusch war das Quietschen meiner Turnschuhe auf den Steinen. Der Flur endete an einer Türöffnung und einem Schild.

Daran ging ich vorbei in einen Raum.

In der Mitte des Raumes stand ein großer Glaskasten auf dem Boden.

Der Kasten war mit rotem Samt ausgeschlagen und wurde von oben beleuchtet.

Auf Kissen und Sockeln lag eine Kostbarkeit neben der anderen: Zepter, Kronen, Diademe, die so eine Art Krone sind, Dolche, Tiaras (das sind auch Kronen) und Reichsäpfel. Alles war aus Gold oder Silber und mit Edelsteinen besetzt, die im Licht funkelten. Ich trat einen Schritt vor und legte eine Hand an die Scheibe.

Ich war entzückt.

Ich war geblendet.

Aber ich war auch durcheinander.

»Sie hat doch gesagt, dass die Kronjuwelen geraubt worden sind«, sagte ich zu mir selbst. Ich war ja allein im Raum.

»Guten Tag«, sagte jemand direkt hinter mir.

KAPITEL 5

IHRE MAJESTÄT

Ich drehte mich um.

Es war die Königin von England.

Ihr Gesicht erkannte ich sofort wieder – es war ja auf den Geldscheinen abgebildet.

Um die Königin von England wimmelten zwölf Corgis herum, die einander in die Schwänze bissen.

Die Königin trug ein blaues Kleid und einen Hut in der gleichen Farbe. An der Krempe steckten Federn von allerlei exotischen Vögeln.

Ich verbeugte mich, denn ich dachte mir, so was tut man, wenn man auf einmal vor einer Königin steht

Sie runzelte die Stirn.

Ich kniete nieder, irgendwie hatte die Verbeugung wohl nicht gereicht.

Sie lächelte.

»Erhebe dich, bitte«, sagte die Queen. Sie hielt mir eine Dose hin. »Möchtest du einen Keks?«

»Einen Keks?«, sagte ich.

Sie schüttelte die Dose und lächelte. Ich langte zu und probierte einen.

Der Keks schmeckte wie Pappe und machte meinen Mund ganz trocken.

»Köstlich, nicht wahr?«, sagte die Queen. »Ich erzähl dir mal was, was du bestimmt nicht weißt: Das, was ihr in Amerika Cookie nennt, ist bei uns in England ein Keks!«

»Das ist kein Cookie«, sagte ich. »Cookies sind süß. Da sind Sachen drin, die gut schmecken, zum Beispiel Schokoladenstückchen.«

Die Queen runzelte die Stirn. »Und was sagt ihr dann zu Keksen?«

»Wir nennen sie Kekse und geben sie Hunden zu fressen.«

»Verstehe«, sagte die Queen. Sie drückte den Deckel auf die Dose und verstaute sie in ihrer Handtasche. »Wie war dein Flug?«

»Ganz furchtbar«, sagte ich. »Jemand hat mir meinen Gameboy gestohlen.«

»Ich weiß nicht, was das ist«, sagte die Queen.

»Oh«, sagte ich. »Das ist eine mobile Spielkonsole für Videospiele. Nintendo stellt sie her.«

»Ich bin allgemein der Überzeugung, dass Videospiele Mist sind«, sagte die Queen.

»Ehrlich gesagt, machen sie ziemlich viel Spaß!«, sagte ich. »Und viele Spiele sind kleine Geschichten. Mario zum Beispiel, der ist Klempner, und eines Tages …«

»Ich will dir mal einen Rat geben«, sagte die Queen. »Wenn Leute dich fragen, wie dein Flug war, erwarten sie eine Antwort wie ›gut‹ oder ›lang‹. Und sie wollen ganz bestimmt keine Geschichten über Klempner oder verlegte Gameboys hören.«

»Ich hab ihn nicht verlegt! Er ist gestohlen worden! Könnte das mit dem Diebstahl der Kronjuwelen zusammenhängen?« Ich zeigte auf den Glaskasten voller Schätze. »Übrigens dachte ich, Sie hätten gesagt, die Klunker seien gestohlen worden.«

»Hab ich.«

»Aber …«

Wieder zeigte ich auf den Glaskasten.

»Aber was?«

»Aber … da drinnen sind doch ein Haufen Juwelen.«

»Mac, die Kronjuwelen bestehen aus einhundertvierzig Objekten. Nicht alle sind gestohlen worden.«

»Verstehe«, sagte ich.

Ich holte ein Notizbuch raus, um eine Beschreibung festzuhalten. »Was wurde denn gestohlen?«

»Mein Löffel«, sagte die Queen.

»Ihr was?«

»Mein Löffel«, sagte die Queen.

Ich lachte los.

Am Gesicht der Königin konnte ich sehen, dass ich lieber nicht lachen sollte, also hörte ich auf.

Es war still im Raum.

Die Queen räusperte sich.

Ich verbeugte mich wieder, nur sicherheitshalber.

Dann sagte ich: »Erzählen Sie mir mehr über diesen Löffel.«

»Dieser Löffel ist etwas ganz Besonderes«, sagte die Queen. »Man benutzt ihn bei der Krönung von Königen und Königinnen. Er wird der ›Krönungslöffel‹ genannt.«

»Guter Name«, sagte ich.

»Der Krönungslöffel ist seit über achthundert Jahren Teil der Königlichen Sammlung.«

»Das ist aber ein alter Löffel!«, sagte ich.

»Zweifelsohne«, sagte die Queen. »Er ist aus Silber und mit Gold überzogen. Es sind rankende Blätter und Gesichter von Monstern eingraviert. Vier Süßwasserperlen sind auf dem Stiel eingearbeitet.«

Das schrieb ich auf.

»Wie groß ist er?«, fragte ich.

»Er misst 25,4 cm.«

»Das ist ein langer Löffel!«, sagte ich.

»Zweifelsohne«, sagte die Queen.

Ich legte den Bleistift hin. »Also, das scheint ja ein sehr schöner Löffel zu sein …«

»Zweifelsohne«, sagte die Queen.

»… aber wozu der Wirbel? Ist doch nur ein Löffel.«

»Ich werde dir eine Geschichte erzählen«, sagte die Queen. »Über tausend Jahre lang …«

»Oh Mann«, sagte ich.

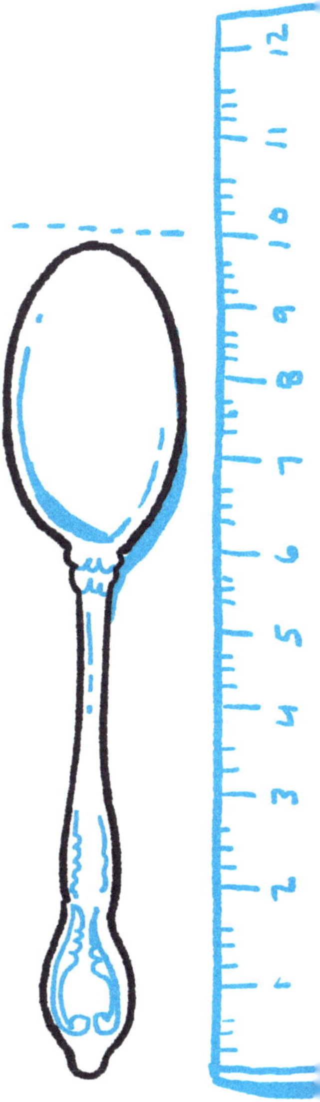

KAPITEL 6

ZEUGS ÜBER KÖNIGE UND KÖNIGINNEN

»Über tausend Jahre lang«, sagte die Queen, »hat es auf dem Thron von England einen König oder eine Königin gegeben. Mit Ausnahme eines kurzen Interregnums.«

»Was ist das?«, sagte ich.

»Kommt aus dem Lateinischen«, sagte die Queen. »Sprichst du kein Latein?«

»Ich hab eine Eins in Spanisch«, sagte ich.

»Hmmm«, sagte die Queen. »*Inter* bedeutet *dazwischen. Regnum* heißt *Herrschaft.* Vor vierhundert Jahren gab es eine kleine Pause zwischen den Königen.«

»Warum?«

»In England war ein Bürgerkrieg ausgebrochen. Eine Seite kämpfte für König Charles I., die andere Seite war gegen ihn. Für den König nahm das kein gutes Ende.«

»Was ist passiert?«

»Regizid.«

»Regizid?«

Die Queen seufzte.

»Aus dem Lateinischen. *Reg* bedeutet *König. Zid* bedeutet *töten.*«

»Regizid!«, sagte ich.

»Ja«, sagte die Königin. »Das ist die Art Zid, die mir am meisten zuwider ist.«

»Das ist übel«, sagte ich.

»Das ist Geschichte«, sagte die Queen. »König Charles I. wurde hingerichtet. Elf Jahre lang hatte England keinen König. Ein Mann namens Oliver Cromwell ernannte sich zum Lord Protector des Commonwealth von England, Schottland und Irland. Cromwell hasste Könige. Er hasste Königinnen. Er hasste Spaß. Er schloss alle Theater. Er verbot hübsche Kleider per Gesetz. Statt zu Weihnachten festlich zu speisen, fasteten die Menschen. Wären Gameboys bereits erfunden gewesen, hätte er auch die weggenommen. Ein abscheulicher Mann.«

»Aber eben haben Sie noch gesagt, dass Videospiele Mist sind.«

»Es gibt einen erheblichen Unterschied zwischen der Überzeugung, etwas sei Mist, und der Überzeugung, etwas dürfe überhaupt nicht existieren«, sagte die Queen. »Merk dir das.«

Ich hab es mir gemerkt.

»Das war ja so, als hätte das ganze Land Hausarrest«, sagte ich.

UND GROSSER SPIELVERDERBER!

DAS HAT ER GEHASST:

»In der Tat«, sagte die Queen. »Harte Zeiten waren das. Um Geld zu beschaffen, hat Cromwell die Kronjuwelen eingeschmolzen. Er hat das Gold verkauft, das Silber, die Edelsteine und seine eigenen Schatullen gefüllt. Jede Krone, jedes Zepter, jedes Schwert wurde zerstört. Nur ein Objekt blieb erhalten.«

»Der Löffel«, sagte ich.

»Der Löffel«, sagte die Queen. »Als König Charles II. auf den englischen Thron zurückkehrte, befahl er den Gold- und Silberschmieden, die verlorenen Schätze noch einmal herzustellen. Einige dieser Repliken befinden sich jetzt hinter dir. Und König Charles II. gelang es, den Löffel wiederzufinden. Als er gekrönt wurde, hat ein Bischof ihn benutzt, um damit Öl auf seine Hand zu träufeln.«

»Was?«

»Ist so ein Königs- und Königinnending«, sagte die Queen.

»Okay«, sagte ich.

»Du wolltest wissen, warum dieser Löffel so wertvoll ist«, sagte die Queen. »Was wollen die Leute denn mehr als alles andere? Tradition. Dieser Löffel mag ja nur 25,4 cm lang sein, aber er reicht zurück bis in Englands verworrene Vergangenheit, in dunkle Zeiten, glorreiche Zeiten und ach, du meine Güte, deine Handschrift ist furchtbar.«

Ich hatte alles aufgeschrieben und nun guckte die Queen mir über die Schulter.

»Ich arbeite daran!«, sagte ich.

»Das ist auch bitter nötig. Was steht denn da?«

»Da steht glorreich.«

»Ich kann nicht erkennen, ob das ein g oder ein q ist. Du musst eine kleine Schleife nach unten machen beim G.«

»Das sagt meine Mom auch immer«, sagte ich.

»Sie hat recht.«

»Okay«, sagte ich. »Dann werde ich hier jetzt nach Spuren suchen.«

»Nicht nötig«, sagte die Queen. »Ich weiß schon, wer meinen Löffel genommen hat.«

»Wirklich?«

»Ja.«

»War es der KGB?«

»Der KGB?«, sagte die Königin.

Diese Sache sah doch ganz nach KGB aus.

»Nein. Der KGB war es nicht. Es war der Präsident von Frankreich. Er hat eine Nachricht hinterlassen.«

Die Queen griff in ihre Handtasche und holte einen Umschlag heraus. Sie reichte ihn mir und ich machte ihn auf.

»Oha«, sagte ich. »Der Präsident von Frankreich hat aber auch eine furchtbare Handschrift! Einige von diesen Buchstaben sind ja verdreht!«

»Na und?«

»Auch mit meiner furchtbaren Handschrift könnte ich also Präsident werden, wenn ich erwachsen bin?«

»Ja«, sagte die Queen. »Von Frankreich.«

»Was soll das denn heißen?«, fragte ich.

»Lies einfach den Brief«, sagte die Queen.

LIEBE IHRE MAJESTÄT,

ICH HAB MICH IN DEN
TOWER VON LONDON
GESCHLICHEN UND
IHREN LÖFFEL GESTOHLEN.
ÄTSCH. JETZT KRIEGEN SIE
IHN NIE WIEDER ZURÜCK.
WENN WIR DAS NÄCHSTE MAL
ZUSAMMEN MITTAG ESSEN,
STRECKEN SIE MIR
DIE ZUNGE BESTIMMT
NICHT NOCH MAL RAUS.
DER PRÄSIDENT VON
FRANKREICH

SIE

»Sie haben dem Präsidenten von Frankreich die Zunge rausgestreckt?«, sagte ich.

»Ich dachte, er dreht mir den Rücken zu!«, sagte die Queen.

»Hmmm«, sagte ich.

»Er war unhöflich!«, sagte sie.

»Okay ...«, sagte ich.

»Jedenfalls will ich«, sagte die Queen, »dass du heute Abend das Hovercraft-Boot nach Frankreich nimmst und meinen Löffel holst.«

»Okay«, sagte ich. »Kriege ich eine Spionageausrüstung?«

»Spionageausrüstung?«, fragte die Queen.

»Ja«, sagte ich. »Wie James Bond.«

Die Queen schnaubte verächtlich.

»Mac, James Bond ist eine erfundene Figur in einer ausgedachten Geschichte. Das hier ist das echte Leben.«

»Oh«, sagte ich. »Stimmt.«

»Selbstverständlich bekommst du Spionageausrüstung«, sagte die Queen.

Sie griff in ihre riesige Handtasche und holte etwas heraus, das wie eine ganz normale Sonnenbrille aussah.

»Das hier sieht vielleicht aus wie eine ganz normale Sonnenbrille, ist aber in Wirklichkeit eine Nachtsichtbrille. Setz sie auf und du kannst im Dunkeln sehen.«

»Aber sehe ich nachts mit einer Sonnenbrille nicht komisch aus?«

»Nicht, wenn du Selbstvertrauen hast!«, sagte die Queen. »Selbstvertrauen!«

Sie griff wieder in ihre Handtasche und holte eine Schachtel heraus.

»Das ist eine Geheimidentitätsausrüstung. Wenn die Leute dich für ein Kind halten, wirst du weder ein Hotelzimmer mieten noch ein Auto fahren können.«

Sie machte die Schachtel auf.

»Dein Name ist Hugh Anthony Cregg III. und du bist ein Klavierstimmer aus Kalamazoo in Michigan. Kapiert?«

»Aber bin ich nicht ein bisschen zu kurz geraten, um als Erwachsener durchzugehen?«

»Ja.« Die Queen runzelte die Stirn. »Ich hatte erwartet, dass du größer bist.«

»Ich bin der kleinste Junge in meiner Klasse«, sagte ich.

»Nun ja«, sagte die Queen. »Selbstvertrauen! Wahrscheinlich fragt dich niemand, warum du klein bist. Das ist unhöflich.«

»Okay«, sagte ich.

»Es gibt natürlich«, sagte die Queen, »eine Menge unhöfliche Leute in Frankreich. Wiederum gibt es auch viele kleine Leute in Frankreich, du dürftest also keine Probleme haben.«

»Hmmm«, sagte ich.

»Hier ist ein streng geheimer Bericht über den Präsidenten von Frankreich. Der könnte lebenswichtige Informationen für deine Mission enthalten.«

»Aber die meisten Wörter sind schwarz übermalt.«

»Ja. Der Bericht ist bearbeitet. Die besten Informationen in streng geheimen Berichten werden immer geschwärzt. Dieser hier ist streng geheim.«

»Aber man kann ihn nicht lesen!«

»Und dann«, sagte die Queen, »leihe ich dir einen meiner Hunde, der dich auf deiner Mission begleiten wird. Du darfst dir einen aussuchen. Corgis, stellt euch auf!«

Die Hunde der Queen hörten auf, einander in die Schwänze zu zwicken, und stellten sich in einer ordentlichen Reihe auf, Schulter an Schulter. Ich schaute sie mir ganz genau an.

»Sind diese Hunde ausgebildete Auftragsmörder?«, fragte ich.

»Selbstverständlich nicht!«, sagte die Queen. »Wie grauenhaft.«

»Sind sie Roboter?«, fragte ich.

»Sei nicht albern«, sagte die Queen.

»Warum schenken Sie mir dann einen?«

»Ich leihe dir einen«, sagte die Queen. »Das Leben eines Geheimagenten ist einsam. Es tut gut, Gesellschaft zu haben.«

Ich zeigte auf einen kleinen Hund am Ende der Reihe.

»Den da«, sagte ich.

»Freddie?«, sagte die Queen. »Aber Freddie ist mickrig.«

»Das sagen in der Schule auch alle zu mir!«, sagte ich.

»Freddie?«, sagte die Queen.

»Nein, dass ich mickrig bin«, sagte ich.

»Aha«, sagte die Queen.

Sie hob Freddie hoch und überreichte ihn mir.

Freddie fing an, mir das Gesicht zu lecken.

»Nicht lecken, Freddie«, sagte die Queen.

Freddie leckte weiter.

»Nun ja«, sagte die Queen. »Mach dich lieber mal auf den Weg. Das Hovercraft legt bald ab.«

Freddie und ich gingen zur Tür. Aber ich hatte noch eine Frage.

»Nur noch eine Frage«, sagte ich.

»Oh, in Himmels Namen«, sagte die Queen.

»Was glauben Sie, wie lange diese Mission dauern wird?«, fragte ich.

»Sie dauert so lange, wie sie dauert«, sagte die Queen. »Warum?«

»Ich frag nur, weil diese Woche Derek Lafoys Karate-Geburtstagsfeier stattfindet.«

Die Queen sah mich mit ernstem Blick an. »Und bist du zu Derek Lafoys Karate-Geburtstagsfeier eingeladen?«

»Nein, aber …«

»Viel Glück für deine Mission«, sagte die Queen.

HAPPY
EVERYBODY WAS KUNG FU FIGHTING
BIRTHDAY

KAPITEL 7

EINE DROHUNG

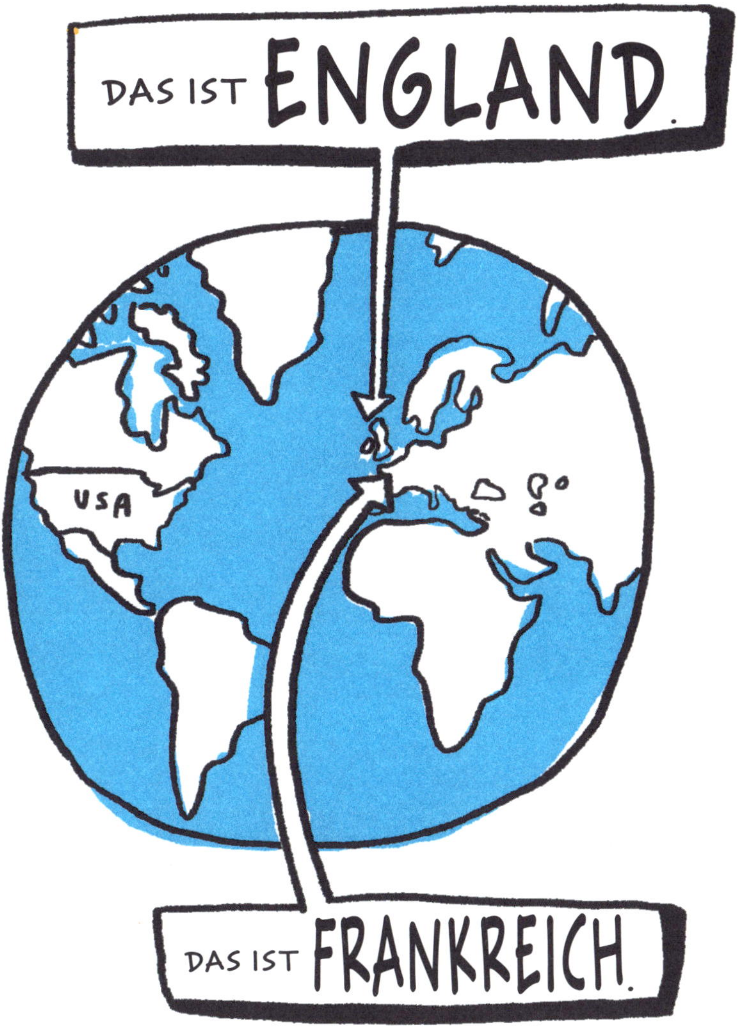
DAS IST ENGLAND.
USA
DAS IST FRANKREICH.

Der Meeresstraße zwischen England und Frankreich heißt Ärmelkanal.

Im Jahre 1066 überquerte Wilhelm der Eroberer den Kanal in einem Boot, um sich Englands Krone zu holen.

Im Jahre 1989 überquerte ich den Kanal in einem Luftkissenboot, um Englands Löffel zurückzuholen.

Falls ihr es nicht erkannt habt: Das bin ich da vorne im Luftkissenboot – verkleidet.

Auf diesem Bild denke ich: Wie bringe ich den Präsidenten von Frankreich bloß dazu, den Löffel der Königin zurückzugeben?

Die salzige Luft wehte durch meinen Schnurrbart.

Möwen schrien.

Freddie leckte meinen Knöchel.

Als wir in Frankreich ankamen, hatte ich mir immer noch keinen Plan ausgedacht.

Wir stiegen in den Zug nach Paris, wo der Präsident von Frankreich wohnt.

Ich nahm mir ein Zimmer in einem tollen Hotel unter dem Namen Hugh Anthony Cregg III.

»Und wie ist der Name Ihres Hundes, Monsieur?«, fragte die Frau an der Hotelrezeption.

(Monsieur heißt Sir auf Französisch. Kannst du nachgucken. Das ist genauso wahr wie alles andere in diesem Buch.)

»Er heißt Rockford«, sagte ich, weil Freddie so aussah, als hätte er auch ganz gern eine geheime Identität.

In einem Luxuszimmer mit Blick auf einen Fluss setzten Freddie und ich uns auf ein Bett mit vielen Kissen.

Irgendwie musste ich diesen Löffel zurückkriegen.

»Fällt dir was ein, Freddie?«, fragte ich.

Freddies Magen knurrte.

Dann leckte er ein Kissen an.

Ich nahm den Telefonhörer und bestellte den Zimmerservice.

Zehn Minuten später kam ein Mann mit zwei Silbertabletts.

(Eins für mich, eins für Freddie.)

Fünf Minuten danach klingelte das Telefon.

Es war die Königin von England.

»Hallo?«, sagte ich.

»Guten Tag«, sagte sie. »Ich möchte bitte mit Mac sprechen.«

»Am Apparat«, sagte ich.

»Falsch«, sagte die Queen. »Du reist als Hugh Anthony Cregg III. Merk dir das.«

»Okay«, sagte ich.

»So«, sagte die Queen, »was machst du gerade?«

»Ich esse einen Cheeseburger«, sagte ich.

»Ich auch!«, sagte die Queen. »Hast du meinen Löffel gefunden?«

»Na ja«, sagte ich. »Noch nicht.«

»Mac«, sagte die Queen.

»Hugh«, sagte ich.

»Hugh«, sagte die Queen, »ich bezahle dich nicht fürs Rumsitzen und Cheeseburger-Essen.«

»Sie bezahlen mich überhaupt nicht«, sagte ich.

»Lenk nicht ab«, sagte die Queen. »Du bist mein Geheimagent. Mach dich an die Arbeit!«

Dann war die Leitung tot.

Ich aß eine Fritte.

Das Telefon klingelte wieder.

»Hallo, Ihre Majestät«, sagte ich. »Hier ist Hugh.«

»Mac.« Die Stimme am anderen Ende der Leitung war tief und verstellt. »Vergiss den Löffel. Fahr nach Hause.«

»Wer ist da?«, fragte ich.

»Gib diese Mission auf, wenn du deinen Gameboy jemals wiedersehen willst.«

Dann war die Leitung tot.

Inzwischen waren meine Pommes kalt.

Ich gab Freddie meinen Teller zum Ablecken.

Der Präsident von Frankreich hatte also auch meinen Gameboy gestohlen.

Eines wusste ich ganz sicher: Ich wusste, dass meine Mom mir nie im Leben einen neuen Gameboy kaufen würde. Für den Gameboy hatte sie gespart. Dieses Geburtstagsgeschenk war eine absolute Ausnahme gewesen.

Und ich wusste noch eines ganz sicher: Ich wusste, wie ich den Löffel der Königin vom Präsidenten von Frankreich zurückkriegen würde.

KAPITEL 8

OH UND AUSSERDEM

Und noch etwas wusste ich ganz sicher: Ich wusste, wie ich meinen Gameboy vom Präsidenten von Frankreich wiederkriegen würde.

KAPITEL
9
MEIN GEHEI-
MER PLAN
!

Wenn der Präsident von Frankreich dachte, er könne rumlaufen und Sachen wegnehmen, dann würde ich die Sprache mit ihm sprechen müssen, die er verstand. Nein, nicht Französisch. Französisch konnte ich nicht. Ich rede hier von der Sprache des Sachen-Wegnehmens.

Und das war mein Plan: Da der Präsident von Frankreich der Queen etwas Wertvolles weggenommen hatte (ihren kostbaren Löffel) und mir auch (meinen nagelneuen Gameboy) würde ich im Gegenzug Frankreich etwas Wertvolles wegnehmen.

Und dann würden wir einen Tausch machen.

Vielleicht denkt ihr, das wäre Stehlen.

Ist es nicht.

Vergesst nicht: Mein Plan war, etwas wegzunehmen und es wieder zurückzutauschen.

Das ist eher so was wie ausleihen.

Vielleicht denkt ihr jetzt, ausleihen hätte was mit Erlaubnis einholen zu tun.

Okay. Da ist was dran.

Aber wenn ihr nur an guten Taten interessiert seid, schlage ich vor, ihr sucht euch eine andere Art Geschichte aus. Zum Beispiel: *Die großen Taten der Gründungsväter* oder *Kinder gründen eine Auffangstation für Eulen*. Dies hier ist eine Geheimagenten-Geschichte. Und im nächsten Kapitel breche ich in ein Museum ein und stehle ein kostbares Kunstwerk.

KINDER GRÜNDEN EINE
AUFFANG-
STATION
FÜR
EULEN
VON
GROSSE TATEN DER
GRÜNDUNGSVÄTER
ABRAHAM
LINCOLN
UND
VIELE
MEHR

KAPITEL
10
KUNST-
RAUB

Das ist der Louvre, eines der größten Museen der Welt.
Dort gibt es viele unermesslich wertvolle Kunstwerke.

Der sitzende Schreiber.
(Guter Name.)

Der Löwe mit dem erhobenen Schwanz.

(Guter Name.)

Und dieses Portrait von einer Frau namens Lisa, das vielleicht das berühmteste Gemälde der Welt ist.

Es heißt *die Mona Lisa.*

(Guter Name.)

Das Gebäude allein ist schon ein Kunstwerk, eines, an dem Leute über vierhundert Jahre gearbeitet haben.

Im 16. Jahrhundert hat der König von Frankreich das hier gebaut:

Im 19. Jahrhundert hat der Kaiser von Frankreich dies hier dazugebaut:

Und in den 1980er Jahren hat der Präsident von Frankreich einen Mann mit dem Namen Ieoh Ming Pei angestellt, der das hier hinzugefügt hat:

Heute mögen die meisten Menschen Peis Pyramide. Aber als ich ein Kind war, fanden viele Leute sie furchtbar. Ein glatter Glasbau neben all den alten Gebäuden würde albern aussehen, sagten sie. War ihnen zu modern. Zu neu. Sie fanden, dass der Präsident von Frankreich sich selber ein Denkmal errichtet hatte, so wie ein ägyptischer Pharao.

Aber ich fand die Pyramide toll. (Finde ich noch immer.) Ich fand sie toll, weil ich ein Kind war und die meisten Kinder Neues mögen, weil sie ja selber was Neues sind.

Und ich fand sie toll, weil ich Geheimagent war und die meisten Geheimagenten Glas mögen, weil es so leicht ist, in Glas einzubrechen.

Und so kam es, dass ich 1989 spätnachts, schwarz gekleidet, mit Sonnenbrille und Freddie auf den Rücken geschnallt neben I. M. Peis toller Glaspyramide kauerte.

Hier ist die genaue Anleitung für einen Einbruch im Louvre. Schritt für Schritt.

Leute, im wirklichen Leben solltet ihr so was nicht machen.

Aber ich hab es gemacht. Und zwar so:

SCHRITT-FÜR-SCHRITT-ANLEITUNG FÜR DEN EINBRUCH IM LOUVRE

ERSTER SCHRITT: Ich legte eine Duschmatte, die ich aus der Hotelwanne genommen hatte, auf eine Glasscheibe, Saugnäpfe nach unten.

ZWEITER SCHRITT: Ich pulte einen Diamanten aus Freddies Halsband.

DRITTER SCHRITT: Ich sagte: »Danke, Freddie.«
Freddie leckte mir den Hals.

VIERTER SCHRITT: Ganz vorsichtig schnitt ich mit dem Diamanten ein Rechteck aus dem Glas.

FÜNFTER SCHRITT: Ich hob die Duschmatte und das Stück Glas darunter an. Ich sagte: »Wir sind drinnen, Freddie.«
Er leckte mir wieder den Hals.

5

SECHSTER SCHRITT: Mit einem aus Laken (auch aus dem Hotel) zusammengeknoteten Seil seilte ich mich ins Museum ab.

6

SIEBTER SCHRITT: Und hier wird es interessant. Freddie und
7 ich [redacted] mehrere Treppenabsätze hinab [redacted] das Wächterhaus und [redacted] schlafen [redacted] so ähnlich wie ein Tyrannosaurus rex. [redacted] mit sieben Bananen, deshalb sollten Geheimagenten stets Bananen zur Hand haben. [redacted]

[redacted] den blauen oder den roten Draht durchschneiden? Leicht: Ich hab alle Drähte durchgeschnitten. [redacted] den Alarm ausgeschaltet [redacted] aus sieben Ziffern bestehender Code, der war (und ist) [redacted] ein Schinkensandwich. Dann musste ich nur noch [redacted] und da waren wir schon. Direkt vor der *Mona Lisa.*

»Wir haben es geschafft, Freddie«, sagte ich und versuchte mir den Senf vom Schinkensandwich vom Hemd zu reiben.

KAPITEL
11
EINEN DIEB BESTEHLEN

Die *Mona Lisa* war kleiner, als ich gedacht hatte. Sie war auch grüner, als ich gedacht hatte. Aber das lag wahrscheinlich nur an der Nachtsichtbrille, die ich trug.

Ganz vorsichtig nahm ich das Bild von der Wand.

Ich wartete, hielt das Gemälde hoch und machte mich darauf gefasst, dass die Alarmanlage losgehen würde.

Nach fünf Sekunden Stille lächelte ich.

»Sieht ganz so aus, als ob die sieben Schritte zum Erfolg geführt haben«, sagte ich zu Freddie, der damit beschäftigt war, mir den Senf vom Hemd zu lecken.

Ich klemmte mir die *Mona Lisa* unter den Arm und steuerte den Ausgang an.

»Halt!«, rief jemand im Dunkeln.

Ich erstarrte.

»Umdrehen!«

Ich drehte mich um.

Und stand vor einem Wachmann.

»Hände hoch!«, brüllte der Wachmann.

»Aber dann lasse ich die *Mona Lisa* fallen«, sagte ich.

»Da hast du recht«, sagte der Wachmann. »Gib mir das Gemälde.«

Widerwillig reichte ich dem Wachmann die *Mona Lisa.*

Er holte Handschellen hervor und kettete mich ans Geländer der nächsten Treppe.

Ich sank zu Boden.

»Pass auf, wo du dich hinsetzt«, sagte der Wachmann. »Da ist es staubig. Du willst dir doch nicht die Jeans schmutzig machen.«

Wie konnte ich an meine Jeans denken, wenn meine ganze Mission gerade den Bach runterging?

Trotzdem, es waren gute Jeans. Ich rückte auf einen Platz, der etwas sauberer war.

»Das ist alles ein Irrtum«, sagte ich. »Mein Name ist Hugh Anthony Cregg III. und ich bin bloß aus Kalamazoo in Michigan hergekommen, um die Klaviere im Louvre zu stimmen.«

Der Wachmann lachte.

»Warten Sie hier, Mr Cregg. Wir ...«

»Mr Cregg III.«, sagte ich.

»Warten Sie hier, Mr Cregg III. Bald werden Sie so viele Klaviere stimmen, wie Sie nur wollen ... im Gefängnis.«

»Hä?«, sagte ich.

Aber der Wachmann war schon weg.

KAPITEL
12
GEFANGEN

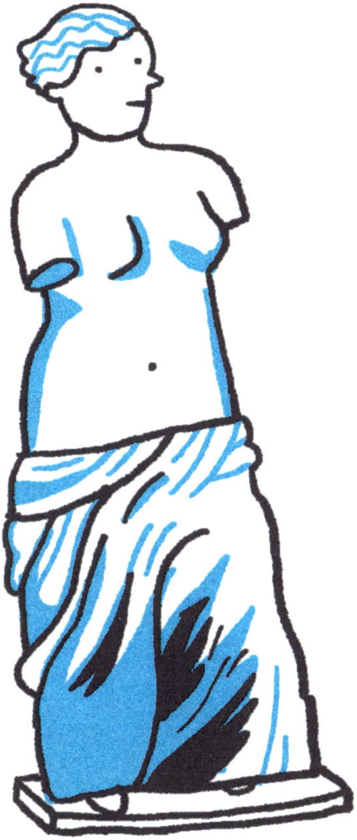

Ich rechnete damit, sofort in Haft genommen zu werden.

Stundenlang hockte ich ans Geländer gekettet da.

Zum Glück hatte ich eine schöne Aussicht: Ich saß genau gegenüber von der Venus von Milo. (Der Name bedeutet Venus aus Milos. Milos heißt die Insel, auf der man die Statue entdeckt hat, aber keiner weiß ganz sicher, ob es eine Venus sein soll. Einigermaßen guter Name, sechs von zehn Punkten.)

Die Statue brachte mich auf eine Idee.

»Freddie!«, sagte ich. »Du musst mir den Arm abkauen.«

Freddie starrte mich an.

»Das ist unsere einzige Hoffnung. Mach es sofort. Dann können wir fliehen.«

Freddie stellte sich auf die Hinterbeine und leckte mir das Handgelenk.

»Na ja«, sagte ich. »Das ist ja schon mal ein Anfang.«

Aber ehe ich Freddie darauf abrichten konnte, mich von meinen Fesseln zu befreien, schrillte ein Alarm.

Eine Wächterin erschien.

Sie lief auf meinen Platz am Boden zu.

»Monsieur!«, sagte sie und dann folgte ein Schwall Französisch.

(Ich spreche kein Französisch.)

Als sie endlich draufkam, dass ich nur Englisch sprach, sagte sie: »Ist alles in Ordnung mit Ihnen?«

»Ja«, sagte ich.

»Die *Mona Lisa* ist weg!«, sagte sie. »Haben Sie den Diebstahl beobachtet?«

»Beobachtet?«, sagte ich. »Ich habe ihn verübt.«

Sie wirkte überrascht. Ich fand, ich sollte reinen Tisch machen. Wenn meine Mom mich bei was Schlimmem erwischt, ist es immer das Beste, gleich alles zu gestehen. Dann kriege ich viel weniger Ärger.

»Sie machen bestimmt Scherze, Sir«, sagte sie. »Und sie sind nicht besonders witzig.«

»Das war kein Scherz«, sagte ich. »Im Übrigen finden mich viele Leute in meiner Klasse ziemlich witzig.«

»In Ihrer Klasse?«

Ich erinnerte mich wieder an meine Verkleidung.

»Meinem Kurs zur Pflege klassischer Musik. Ich bin ein Klavierstimmer aus Kalamazoo in Michi …«

»Interessiert mich nicht«, sagte die Wächterin. »Wenn Sie die *Mona Lisa* gestohlen haben, wo ist sie, und warum sind Sie an dieses Geländer gekettet?«

»Ich hab sie schon wieder zurückgegeben«, sagte ich. »An den anderen Wächter.«

»Den anderen Wächter?«

»Ja«, sagte ich. »Er hatte helle Haare, ernste Augen und ein trauriges Lächeln. Oh … und grüne Haut, aber das lag wahrscheinlich nur an meiner Nachtsichtsonnenbrille.«

»Monsieur«, sagte die Wächterin, »wir haben hier keinen Wächter, auf den diese Beschreibung passt.«

»Wem habe ich dann die *Mona Lisa* gegeben?«, fragte ich.

Die Wächterin holte ein Walkie-Talkie heraus.

»Vielleicht sollten Sie mit dem Präsidenten von Frankreich reden«, sagte sie.

POLIZEISKIZZE VOM VERDÄCHTIGEN
HELLE HAARE
ERNSTE AUGEN
TRAURIGES LÄCHELN

KAPITEL
13
RENDEZVOUS

Das ist der Arc de Triomphe.

In einer nebligen Nacht traf ich mich dort mit dem Präsidenten von Frankreich.

Der Name bedeutet »Triumphbogen«. Wie ihr seht, ist es ein Bogen. Er wurde vom Kaiser von Frankreich gebaut, um einen Triumph zu feiern.

Guter Name, klar. Aber in dieser Nacht hatte ich kein Triumphgefühl. Ich war total niedergeschlagen.

Der Präsident von Frankreich wirkte sehr enttäuscht von mir.

Später habe ich noch andere Fotos von ihm gesehen, da wurde mir klar, dass er immer enttäuscht aussah.

Damals war es aber schwer, das nicht persönlich zu nehmen. Er trug einen dicken Mantel, den er fest um sich wickelte.

»Ganz schön kalt hier«, sagte ich.

»Oui«, sagte der Präsident von Frankreich.

(Ich wusste, was das bedeutete.)

»Können wir uns nicht irgendwo treffen, wo es warm ist?«, sagte ich. »In Ihrem Palast vielleicht?«

»Ich vermute, Sie sind ein Geheimagent«, sagte der Präsident von Frankreich.

»Oui«, sagte ich.

»Dann müssen wir uns so treffen. Nachts. Im Nebel. In der Kälte.«

»Okay«, sagte ich. »Herr Präsident, die Welt ist ein Chaos, und ich glaube, das ist allein meine Schuld.«

»Da sind Sie bestimmt zu streng mit sich«, sagte er. »Erzählen Sie mir alles.«

Ich erzählte ihm alles.

»Sie haben recht«, sagte der Präsident. »Es ist allein Ihre Schuld.«

Ich runzelte die Stirn. »Na ja, ein bisschen haben Sie auch Schuld. Weil Sie den Krönungslöffel gestohlen haben. Und meinen Gameboy.«

»Aber ich habe den Löffel nicht gestohlen. Und Ihren Gameboy auch nicht. Ich habe schon einen Gameboy.«

»Wirklich? Spielen Sie SPY MASTER?«

»Oui.«

»Wie ist Ihr Highscore?«

»Viertausend.«

»Nicht schlecht«, sagte ich.

(Meiner war viel höher.)

»Ich sage Ihnen was«, sagte der Präsident von Frankreich, »ich bin sehr froh, einen anderen erwachsenen Mann zu treffen, der Gameboy spielt.«

Ich nahm den Schnurrbart ab.

»Ehrlich gesagt, ich bin noch ein Kind.«

»Ah«, sagte der Präsident von Frankreich. Er sah noch enttäuschter aus. »Du bist mir auch recht klein vorgekommen. Aber das war der Mann auch, der diesen Bogen erbauen ließ.«

(Er hatte recht. Könnt ihr nachgucken.)

»Ich finde es cool, dass Sie Gameboy spielen«, sagte ich. »Der Freund von meiner Mutter, Craig, der spielt nie Nintendo mit mir. Er sagt, Videospiele sind kindisch und Jungs sollten rausgehen und ringen.«

»Ringen?«, sagte der Präsident von Frankreich.

»Ja. Er sagt, er würde mir Ringertricks beibringen, aber dann drückt er mich nur auf den Boden und lacht. Keine Ahnung, was er beweisen will. Er ist erwachsen. Ich bin ein Kind.«

»Klingt ganz so, als wäre Craig ziemlich kindisch.«

»Genau!« Ich beglückwünschte den Präsidenten von Frankreich.

»Nun erzähl mir mal«, sagte er, »warum die Königin von England glaubt, dass ich ihren Löffel gestohlen habe.«

»Sie glaubt, Sie sind sauer auf sie, weil sie Ihnen bei Ihrem gemeinsamen Mittagessen die Zunge rausgestreckt hat.«

Der Präsident war erstaunt.

»Sie hat mir die Zunge rausgestreckt?«

»Ja.«

»Da muss ich ihr den Rücken zugedreht haben«, sagte der Präsident. »Ich hatte keine Ahnung.«

Er sah sehr traurig aus.

So langsam hielt ich ihn für unschuldig.

Aber was hatte es mit dem Brief auf sich?

»Aber was hat es mit dem Brief auf sich?«, fragte ich.

»Was für ein Brief?«

Ich zeigte ihm den Zettel aus dem Tower von London.

Der Präsident schüttelte den Kopf.

»Das ist nicht meine Handschrift. Die ist ja furchtbar. Die Rs zeigen nicht mal in die richtige Richtung!«

»Die Ns auch nicht«, sagte ich.

»Nun, das ist offensichtlich eine Fälschung. Ich habe eine wunderbare Handschrift.«

»Ehrlich?«

»Selbstverständlich. Ich bin der Präsident von Frankreich.«

»Also, jetzt weiß ich nicht, was ich machen soll«, sagte ich.

»Das liegt doch auf der Hand«, sagte der Präsident. »Du musst die *Mona Lisa* zurückholen. Sie ist von unschätzbarem Wert.«

Ich hatte mich die ganze Zeit schon etwas gefragt.

»Warum ist die *Mona Lisa* so wertvoll?«, fragte ich. »Sie ist ja nicht mal besonders groß.«

»Es ist ihr Lächeln«, sagte der Präsident. »Warum lächelt sie so? Was weiß sie? Es gibt viele Vermutungen. Keiner weiß es genau. Die *Mona Lisa* ist ein Mysterium. Und was begehren die Menschen mehr als alles andere? Das Geheimnisvolle. Sie wollen das Mysteriöse besitzen.«

»Die Königin von England sagt, mehr als alles andere wollen die Leute ...«

»Fang mir nicht mit der Königin von England an«, sagte der Präsident. »Du musst jetzt gehen!«

»Aber wie kommen Sie dazu, mir zu vertrauen?«, sagte ich. »Ich hab alles kaputt gemacht.«

»Und deshalb musst du jetzt alles wieder in Ordnung bringen«, sagte der Präsident. »Du bist Geheimagent. Das ist dein Job.«

»Nicht mehr«, sagte ich. »Ich kündige.«

KAPITEL
14
REGEN IM DUNKELN

Es fing an zu regnen.

Ich ging am Fluss entlang.

Wenn man traurig ist, ist es wunderbar, allein durch Paris zu gehen, am Fluss entlang, im Regen.

Aber ich ging nicht allein.

Ich ging mit Freddie, der mit dem Schwanz wedelte und alles anleckte.

»Lass das, Freddie!«, sagte ich. »Du machst die Stimmung kaputt.«

Aber Freddie ließ es nicht. Mittlerweile müsste klar sein, dass Freddie auf niemanden hörte.

Ich versuchte Freddie auszublenden und in meiner Trauer zu versinken.

Wie viel Geld war noch in meinem Umschlag?

Reichte es für ein Flugticket nach Hause?

Würde ich rechtzeitig zu Derek Lafoys Karate-Geburtstagsfeier zurück sein?

War das überhaupt wichtig? Schließlich war ich nicht eingeladen.

»Was ist denn überhaupt wichtig?«, fragte ich Freddie, der das Kopfsteinpflaster leckte.

In einer Telefonzelle in der Nähe klingelte das Telefon.

Es war mitten in der Nacht.

Niemand weit und breit.

Das Telefon klingelte und klingelte.

Ich ging hin und nahm den Hörer ab.

Es war für mich.

»Guten Tag«, sagte die Queen.

»Hallo«, sagte ich.

In der Leitung waren unangenehme Knuspergeräusche zu hören.

»Entschuldige bitte mein Knuspern«, sagte die Königin. »Ich esse nur ein paar Kekse vorm Zubettgehen. Wie läuft es mit meinem Löffel?«

»Ganz schlecht«, sagte ich. »Der Präsident von Frankreich hat ihn nicht geklaut.«

»Hat er nicht?«

»Nein. Er wusste nicht mal, dass Sie ihm die Zunge rausgestreckt haben.«

»Oh«, sagte die Queen. »Nun, ich hoffe, du hast es ihm nicht erzählt.«

»Doch, hab ich«, sagte ich.

»Oje«, sagte die Queen.

»Egal«, sagte ich. »Ich kündige.«

»Nun«, sagte die Queen. »Ich verstehe, warum.«

»Sie bitten mich nicht, den Fall abzuschließen?«

»Nein«, sagte die Queen. »Warum sollte ich?«

»Ist das ein Trick?«, fragte ich. »Versuchen Sie mich reinzulegen, damit ich an dem Fall dranbleibe?«

»Ganz und gar nicht«, sagte die Queen. »Bis jetzt hast du doch nur alles vermurkst.«

»Na ja, besonders hilfreich waren Sie auch nicht«, sagte ich. »Sie haben mich zum Präsidenten von Frankreich geschickt!«

»Er hatte einen Brief hingelegt«, sagte die Queen.

»Den hat er nicht geschrieben«, sagte ich.

»Wer dann?«

Ich ließ den Hörer fallen.

Er baumelte an seiner Schnur.

(Das war 1989. Telefone hatten eine Schnur. Könnt ihr nachgucken.)

Ich holte den Brief aus meiner Tasche und nahm den Hörer wieder in die Hand.

»Wer hat diesen Brief geschrieben?«, sagte ich.

»Das habe ich dich gerade gefragt«, sagte die Queen.

»Wer auch immer ihn geschrieben hat, muss gewusst haben, dass Sie dem Präsidenten von Frankreich die Zunge rausgestreckt haben. Die Person muss also auch bei diesem Essen gewesen sein.«

»Hör mal zu, Mac«, sagte die Queen, »wenn du unterstellen willst, dass ich meinen eigenen Löffel gestohlen habe …«

»War da noch jemand bei diesem Essen?«

»Was?«

»War an diesem Tag noch irgendjemand anders zum Essen bei Ihnen?«

Es war still in der Leitung, während die Queen nachdachte.

»Nun, mal sehen … Da war ich … und der Präsident von Frankreich.«

Ich verdrehte die Augen.

»Verdrehst du die Augen?«, fragte die Queen.

»Ja«, sagte ich.

»Dann hör auf damit. Wenn ich mir vorstelle, wie du da drüben in Frankreich die Augen verdrehst, kann ich mich nicht konzentrieren. Also, wo waren wir? Ah. Ja. Da war ich ... und der Präsident von Frankreich ... und ein junger Mann mit hellen Haaren, ernsten Augen und einem traurigen Lächeln ... Ich glaube, er war ein Offizier vom KGB.«

»DER KGB!«

»Du brauchst nicht zu schreien«, sagte die Queen. »Die heutige Technologie der öffentlichen Fernsprecher ist absolut ausreichend für ...«

Ich hörte nicht mehr zu.

Natürlich war es der KGB gewesen.

Die umgedrehten Buchstaben in diesem Brief waren kyrillisch.

Der KGB-Mann hatte sich als Museumswächter verkleidet.

Und – mir ging ein Licht auf – als Flugbegleiterin.

Die ganze Zeit lang war mir ein Geheimagent vom KGB gefolgt, und ich war ein ums andere Mal veralbert worden!

Nun, es war an der Zeit, den Spieß umzudrehen.

Ich legte auf und erwischte gerade noch das Flugzeug nach Moskau.

ER WAR ÜBERALL!

KAPITEL
15
IM KGB-
HAUPTQUARTIER

Das ist der Lubjanka Platz.

Dort stehen zwei berühmte Gebäude.

Das eine dieser Gebäude ist das Hauptquartier eines riesigen russischen Spielzeugladens namens Detski Mir.

Detski Mir heißt »Welt der Kinder«.

Cooler Name.

Das andere Gebäude nennt man die Lubjanka.

Das war das Hauptquartier vom KGB.

Der größte Spielzeugladen Europas stand genau gegenüber von der Kommandozentrale für Geheimagenten.

(Immer noch. Könnt ihr nachgucken.)

Das Gebäude links ist voll Spielzeug.

Das Gebäude rechts ist voll Agenten.

Wo möchtet ihr lieber hin?

Ich seufzte und ging nach rechts.

Mit Freddie in den Armen stürmte ich durch die Eingangstür vom KGB-Hauptquartier.

Am Empfang saß ein Geheimagent.

»Ich verlange, sofort zu …«, sagte ich. »Oh. Ich weiß nicht, wie er heißt. Er ist ein KGB-Mann.«

»Wir haben dich schon erwartet«, sagte der Agent am Empfang. »Komm doch rein.«

Ich wurde in ein Büro gebracht und gebeten zu warten.

»Er ist gleich da«, sagte der Agent. »Er kommt gerade aus Paris und die Maschine hatte Verspätung.«

»Okay«, sagte ich.

Die Wände des Büros waren blassgrün und mit Bücherregalen aus Holz eingerichtet. Es gab einen hübschen Schreibtisch mit einem Telefon, einer Lampe und einem handgeschnitzten Schachspiel. Eine Schale mit Konfekt stand auch da. Und ein großes Fenster gab den Blick auf einen verschneiten Platz frei. Es gefiel mir.

Die Tür vom Büro ging auf, und der KGB-Mann trat ein, mit einem Koffer in der Hand. Ich erkannte ihn wieder, aus dem Flugzeug und aus dem Louvre, obwohl er jetzt eine KGB-Uniform trug. Er lächelte traurig, als er mich sah.

»Ah!«, sagte er. »Du warst schneller als ich. Sehr gut. Sehr gut. Und wie ich sehe, hast du dir Pralinen genehmigt.«

Ich wurde rot.

Der KGB-Mann hatte bereits die Oberhand. Ich musste die Kontrolle übernehmen!

Ich erhob mich von meinem Stuhl. »Ich bin wegen des Löffels hier!«

»Bitte«, sagte der KGB-Mann. »Setz dich, dann können wir wie Geheimagenten darüber reden.«

Der KGB-Mann setzte sich an seinen Schreibtisch und redete ein bisschen Russisch in ein Telefon.

Es klopfte an der Tür und jemand brachte ein silbernes Tablett.

»Kaffee?«, fragte der KGB-Mann.

»Ich trinke keinen Kaffee«, sagte ich. »Ich bin ein Kind.«

»Selbstverständlich«, sagte der KGB-Mann. »Dann vielleicht etwas Milch?«

»Na gut«, sagte ich. »Milch mag ich.«

Der KGB-Mann schenkte sich Kaffee aus einer hohen, blank polierten Kanne ein.

Dann griff er nach einem silbernen Kännchen und goss mir eine Tasse Milch ein. Die Tasse war blau und weiß und mit winzigen komplizierten Mustern verziert. Noch nie hatte ich aus einer so schönen Tasse Milch getrunken.

Der KGB-Mann gab einen Schuss Milch in seinen Kaffee und zog einen Löffel aus der Brusttasche seiner Uniform, mit dem er sein Getränk langsam umrührte.

Es war ein goldener Löffel mit eingravierten Blättern und Monstergesichtern. Der Löffelstiel war mit vier Perlen besetzt.

Wieder stand ich auf.

»Der Krönungslöffel!«

Der KGB-Mann guckte runter und zuckte mit den Schultern.

»Ah!«, sagte er. »Dieser Löffel? Das ist ein Souvenir. Den habe ich aus England mitgenommen.«

Er legte ihn aufs Tablett.

Der KGB-Mann klappte seinen Koffer auf und holte meinen Gameboy und die *Mona Lisa* heraus.

»Ja«, sagte er, »auf meiner Reise habe ich ein paar wunderbare Souvenirs gefunden.«

»Sie Schurke!«, rief ich. »Warum haben Sie diese Sachen weggenommen? Und warum zeigen Sie mir das alles?«

»Tja, warum«, sagte der KGB-Mann. »Das kannst du nicht

verstehen. Du bist ein Agent. Geheimagenten sind wie Kinder. Sie machen, was man ihnen sagt. Eines Nachts hörst du deine Mutter und Craig streiten. Am nächsten Morgen sagen sie dir, dass du ins Sommerlager fährst. Du fragst vielleicht, warum. Und vielleicht antwortet dir deine Mutter. Aber das heißt nicht, dass du es verstehst.«

»Moment mal«, sagte ich. »Das ist mir passiert. Woher wissen Sie, was ich erlebt habe?«

Der KGB-Mann zuckte mit den Schultern. »Ich bin vom KGB.«

Er zeigte auf seinen Schreibtisch.

»Die Welt ist ein Schachbrett. Geheimagenten sind nur Figuren, die mit kleinen Schritten über die Quadrate wandern. Machtlos.«

»Aber Sie sind doch Geheimagent«, sagte ich.

»Im Moment.« Er nahm einen Bauern und drehte ihn zwischen seinen Fingern hin und her. »Nun sag mir: Wer ist am mächtigsten im Schachspiel?«

»Die Königin!«, sagte ich. »Sie kann hingehen, wohin sie will!«

»Aber sie muss auf dem Brett bleiben«, sagte der KGB-Mann. »Nein. Nicht die Königin. Es ist der Spieler. Der, der die Figuren bewegt.«

»Oh«, sagte ich. »Okay.«

»Heute bin ich ein Agent«, sagte der KGB-Mann. »Aber das bleibe ich nicht für immer. Ich habe Pläne.«

Er stellte den Bauern wieder auf das Schachbrett und lächelte mich an.

»Du willst das Zeug zurückhaben? Ich gebe dir eine Chance. Ein Wettkampf, zwischen dir und mir.«

»Abgemacht!«, sagte ich.

Ich griff nach einem weißen Bauern. Beim Schach gewinnt man viel leichter, wenn man den ersten Zug macht.

»Nicht Schach«, sagte er. »Karate.«

Der KGB-Mann riss sich die Uniform vom Leib. Darunter trug er einen weißen Gi und einen schwarzen Gurt.

Mittlerweile sollte klar sein, dass ich keine Ahnung von Karate hatte.

»Hei-jah!«, brüllte der KGB-Mann.

Er sprang über den Schreibtisch und ging mit wilden Armbewegungen und Handkantenschlägen auf mich los.

Bücher flogen in alle Richtungen. Das Schachspiel kippte um und landete auf dem Boden. Freddie begann wütend zu bellen und mit dem Schwanz zu wedeln.

Für kurze Zeit konnte ich unter dem Schreibtisch in Deckung gehen.

Im Kopf kramte ich blitzschnell alles zusammen, was ich auf dem Schulhof von den anderen Jungs über Karate gehört hatte. Derek Lafoy faselte immer von Vitalpunkten. Er sagte, der menschliche Körper habe davon sieben, und ein Treffer darauf könne jemanden k. o. gehen lassen oder sogar töten. Oft demonstrierte er das mit einem in Zeitlupe angedeuteten Schlag in meine Halsbeuge. »Ich mach das nicht in echt«, sagte er dann immer. »Sonst würde ich ins Gefängnis kommen.«

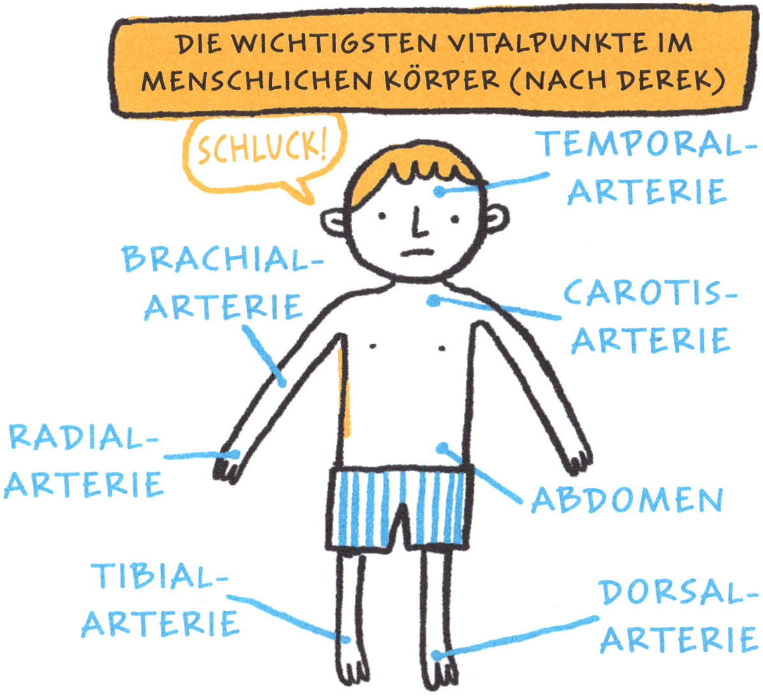

Vitalpunkte. Sie waren meine einzige Hoffnung.

»Hei-jah!«, schrie ich, schoss unter dem Schreibtisch hervor und versuchte, dem KGB-Mann einen Handkantenschlag an den Hals zu verpassen.

Der KGB-Mann haute mir die Beine unter dem Körper weg und ich ging zu Boden.

»Gibst du auf?«, fragte er.

»Niemals!«

Er drehte mir den Arm auf den Rücken und presste mein Gesicht auf den Teppich.

Es war ein wunderschöner Teppich.

»Gibst du auf?«

»Nein«, sagte ich. Der Teppich dämpfte meine trotzige Antwort ein wenig.

Der KGB-Mann nahm mich in einen teuflischen Schwitzkasten. Sein Bizeps drückte auf meine Luftröhre. Ich konnte kaum atmen.

»Freddie!«, schrie ich. »Hilfe! Fass!«

Freddie stand in der Ecke und leckte genüsslich verschüttete Milch auf.

Ich verdrehte die Augen.

Dann kam mir eine Idee.

Ich drückte das Kinn in die Armbeuge des KGB-Mannes und leckte sie.

»Ih!« Der KGB-Mann sprang auf und wischte sich den Arm an seinem Karateanzug ab.

Ich rappelte mich hoch und nahm eine bedrohliche Karatestellung ein.

»Hast du eben meinen Arm geleckt?«, fragte der KGB-Mann.

»Ja!«, sagte ich.

Ich nickte Freddie zu, der mich schwanzwedelnd bewunderte.

»Hmmmm«, sagte der KGB-Mann. »Okay. Schluss mit Karate.«

Er stellte seinen Stuhl wieder hin und setzte sich an den Schreibtisch. Mit einem feinen Geschirrtuch wischte er sich meine Spucke vom Arm.

»Ich hab gewonnen!«, sagte ich.

Der KGB-Mann schüttelte den Kopf. »Nein. Hast du nicht.«

»Okay«, sagte ich. »Dann sagen wir eben unentschieden.«

»Nein«, sagte der KGB-Mann. »Du warst deutlich unterlegen. Aber du hast nicht aufgegeben. Ich bewundere deinen Kampfgeist. Deshalb biete ich dir einen Handel an. Bitte, setz dich.«

Das machte ich.

»Was will ich mit diesem Löffel? Ich habe jede Menge Löffel. Was will ich mit diesem Gemälde? Es passt nicht zu meiner Einrichtung. Was will ich mit diesem Gameboy? Ich habe das Spiel SPY MASTER schon geknackt.«

»Was?«, sagte ich.

»Ja. Beim ersten Versuch. Das Spiel ist okay. Macht Spaß. Aber warum müssen die Bösen KGB-Männer sein?«

»Ist immer so«, sagte ich.

»In der Sowjetunion nicht«, sagte der KGB-Mann. »Aber egal, ich tausche all diese Sachen gegen was viel Wertvolleres ein. Deine amerikanischen Bluejeans.«

»Was?«, sagte ich.

»Da«, sagte der KGB-Mann.

»Was heißt das?«

»Ja.«

»Aber was wollen Sie denn mit meiner Jeans?«

»Ich werde dir eine Geschichte erzählen«, sagte der KGB-Mann. »Im Jahre 1898 …«

»Oh, Mann«, sagte ich.

»Im Jahre 1898 wurde das Gebäude errichtet, in dem wir jetzt sitzen. Hier waren die Büros der Gesamtrussischen Versicherungsgesellschaft, einer riesigen Gesellschaft, die in ganz Russland Versicherungen verkaufte.«

»Guter Name«, sagte ich.

»Da«, sagte der KGB-Mann. »Aber 1917 gab es eine Revolution. Der Kaiser von Russland wurde hingerichtet …«

»Regizid?«, sagte ich.

»Das Wort kenne ich nicht«, sagte der KGB-Mann.

»Es kommt aus dem Lateinischen«, sagte ich.

»Der Kaiser von Russland wurde ausgetauscht gegen den Vorsitzenden des Rats der Volkskommissare der Sowjetunion.«

»Langer Name«, sagte ich.

»Die Adler auf den Flaggen wurden abgeschafft und durch Hammer und Sichel ersetzt.

Und aus diesem Gebäude hier wurde die Gesamtrussische Versicherungsgesellschaft entfernt und gegen die Außerordentliche Gesamtrussische Kommission zur Bekämpfung von Konterrevolution und Sabotage ersetzt.«

»Echt langer Name«, sagte ich.

»Zu lang«, sagte der KGB-Mann. »Deshalb nannte sich die Außerordentliche Gesamtrussische Kommission zur Bekämpfung von Konterrevolution und Sabotage dann auch bald die Tscheka. Dann fing die Tscheka an, sich GPU zu nennen. Die GPU nannte sich dann OGPU. Und dann nannte die OGPU sich NKWD. Schließlich begann die NKWD, sich KGB zu nennen. Und wer weiß? Vielleicht ändern wir eines Tages wieder unseren Namen. All diese Namen bedeuten ein und dasselbe: Geheimdienst.«

»Aber was hat das mit Jeans zu tun?«, fragte ich.

»Nach der Revolution war alles anders. Kein Kaiser mehr. Keine Adler. Keine Versicherungsgesellschaften. Und keine Jeans. In der Sowjetunion sind amerikanische Jeans verboten.«

»Verboten?«

»Gesetzlich verboten.«

Es stimmte also.

Traurig betrachtete der KGB-Mann seine blassgrünen Wände.

»Als Kind hat mich das Jeansfieber befallen. In einer Zeitschrift hatte ich ein Bild gesehen – von einem Jungen und einem Mädchen in Amerika. Sie tanzten, in einem Keller, und trugen ihre Jeans. Sie waren so glücklich. Ihre Jeans waren perfekt verwaschen. Ich wollte auch welche.«

Einen kurzen Moment lang wirkte der KGB-Mann wie ein KGB-Junge, der seine Mutter um ein Paar Jeans für das neue Schuljahr anbettelt.

Dann knallte er die Faust auf den Tisch.

»Russische Jeans taugen nichts!«, sagte der KGB-Mann. »Sie bleichen nicht aus beim Waschen. Ich hab es mit Kochen versucht, bin mit einem Motorrad drübergefahren, hab Knoten reingemacht und sie in den Fluss geworfen. Hat nichts genützt.«

»Aber Sie reisen um die ganze Welt«, sagte ich. »Warum kaufen Sie nicht einfach amerikanische Jeans und nehmen sie mit?«

Der KGB-Mann schüttelte den Kopf.

»Das ist ein Verbrechen. Ein Jeansverbrechen. Für das Einschmuggeln von Jeans kann ein Russe seinen Job verlieren oder ins Gefängnis kommen. Das ist der Grund, warum ich dich brauche, einen Amerikaner, der hier seine Jeans trägt.«

»Moment mal«, sagte ich. »Diese ganze Sache, der Löffel, die *Mona Lisa*, war nur ein Trick, um an Jeans zu kommen?«

»Ja.«

»Und meinen Gameboy zu klauen, auch?«

»Ja.«

»Sogar der Anruf in meinem Hotel in Paris?«

Der KGB-Mann seufzte. »Ja. Das liegt doch wohl auf der Hand.«

»Aber Sie haben gesagt, ich soll den Fall fallen lassen! Warum sagen Sie mir, ich soll aufhören, wenn Sie wollen, dass ich Ihnen nach Moskau folge?«

»Es gibt Kinder«, sagte der KGB-Mann, »die unbedingt das tun wollen, was man ihnen verbietet. Ich hatte den Eindruck, dass du eines von denen bist.«

»Genau das hätte so ein Typ sagen können, den ich kenne ... Craig. Nur dass der besser Englisch spricht.«

Der KGB-Mann zuckte mit den Schultern. »Nun ja, ich bin Russe.«

»Das alles ist schwer zu glauben, finde ich.«

»Und trotzdem ist es die Wirklichkeit«, sagte der KGB-Mann. »Verstehst du? Ich bewege die Figuren.«

»Ziemlich viel Aufwand für ein Paar Jeans, finde ich.«

»Was begehren Leute mehr als alles andere?«, sagte der KGB-Mann. »Das, was sie nicht haben können.«

Ich schaute auf meine Jeans.

Sie waren perfekt verwaschen.

Und es war völlig ausgeschlossen, dass meine Mom mir neue kaufen würde.

Aber ich hatte eine Pflicht gegenüber der Königin zu erfüllen.

»Okay«, sagte ich.

»Ausgezeichnet«, sagte der KGB-Mann.

Ich gab ihm meine Jeans.

Der KGB-Mann gab mir die Beute.

KAPITEL
16
DAS JEANS-
VERBRECHEN

»Krieg ich denn wenigstens eine andere Hose?«, fragte ich. »Sie wissen schon, für die Reise.«

»Njet«, sagte der KGB-Mann.

»Was heißt das?«

»Nein.«

Der Weg durch Moskau war lang und kalt –
und der Flug sehr lang.

Aber die Königin von England bekam ihren Löffel zurück.

Frankreich bekam die *Mona Lisa*.

Und ich kam nach Hause. Es war Samstagmorgen.

Meine Mom freute sich, mich wiederzusehen. Sie hatte mich sehr vermisst, außerdem musste der Kaninchenkäfig saubergemacht werden.

Auf dem Küchentisch lag ein Paket für mich.

Es war von der Königin von England.

Lieber Agent Mac,
beiliegend findest du
eine Entschuldigung
deiner Abwesenheit für
deine Lehrerin und eine
Belohnung als Dank für
deine Dienste für mich,
die Königin von England.
Die besten Wünsche von
der ganzen königlichen
Familie und Freddie,
dessen Gewohnheit, alles
anzulecken, sich in deiner
Obhut noch verschlimmert
zu haben scheint.

Meine Majestät
Die Königin von England

Ich packte einen Umschlag, der an meine Lehrerin adressiert war, und eine in lila Papier eingewickelte Schachtel mit einer goldenen Schleife aus.

Auf dem Geschenkanhänger stand »Etwas Köstliches aus Großbritannien!«

Voller Erwartung wickelte ich das Geschenk aus.

Es war eine hübsch verzierte Dose.

Ich machte sie auf.

Kekse.

Ich probierte einen, vielleicht waren diese ja besser als die letzten.

Waren sie nicht.

Das war nicht die Belohnung, die ich erhofft hatte.

Ehrlich gesagt, ich hatte gehofft, zum Ritter geschlagen zu werden.

Aber ich war kein Ritter.

Ich war Geheimagent.

Und es ist nicht leicht, Geheimagent zu sein.

Ich schluckte den Keks runter.

Dann lehnte ich mich in meinen Sessel zurück und schaltete meinen Gameboy ein.

»Nein!«, sagte ich.

»Nein!«, sagte ich noch mal.

Ich schaute auf die Highscore Anzeige.

Das zu schlagen, würde ewig dauern.

(Der KGB hat nur drei Buchstaben. Toller Name.)

Noch ehe ich Level 1 geschafft hatte, klingelte das Telefon.

Es war Derek Lafoy, der mich zu seiner Geburtstagsfeier einlud!

War nur ein Scherz.

Das wäre ein schöner Schluss gewesen, aber ihr dürft nicht vergessen, diese Geschichte ist wahr.

Es war die Königin von England.

»Guten Tag«, sagte die Queen. »Nicht nötig, mir für die Kekse zu danken. Dazu ist keine Zeit! Mac, du musst mir noch einen Gefallen tun.«

Ich lächelte.

OKAY.

FORTSETZUNG

FOLGT

Mac Barnett ist New-York-Times-Bestsellerautor diverser Kinderbücher und ein ehemaliger [redacted]. Seine Bücher wurden ausgezeichnet mit dem Caldecott Honor, dem E. B. White Read Aloud Award und Boston Globe-Horn Book Award. Für seine Arbeit als Geheimagent erhielt er die Medaille des [redacted], das Kreuz des [redacted] und den Königlichen Orden des [redacted] der dritten Klasse. Seine Lieblingsfarbe ist [redacted]. Sein Lieblingsessen ist [redacted]. Er lebt in Oakland, im US-Bundesstaat Kalifornien. (Das stimmt wirklich, du kannst nachschauen.)

Mike Lowery bekam früher Schwierigkeiten, wenn er in seine Bücher kritzelte, heute verdient er damit seinen Lebensunterhalt. Er hat schon Dutzende Bücher für Kinder und Erwachsene illustriert, aber auch Grußkarten und Foodtrucks. Er sammelt gerne unnützes Wissen und hat kürzlich ein Buch darüber veröffentlicht: »Random Illustrated Facts.« Mike lebt mit seiner Frau und zwei Kindern in Atlanta, im US-Bundesstaat Georgia.